KB110402

모자나무

모자나무

박찬일 시집

민음의 시 135

민음사

自序

아침에는 빵을 먹고 점심에는 설렁탕을 먹고 저녁에는 비빔밥을 먹었습니다. 내일 아침은 라면입니다. 어제 점심에는 자장면을, 저녁에는 된장을 먹었습니다. 어제 것은 아직 소화 중입니다.

2006년 初夏, 산본에서. 박찬일.

차례

5 수리산에서―노자의 가르침

6 아포리즘 · 기타   93

1 모자나무

수리산의 발견

표지판들마다 글씨가 초록이고 바탕이 하양이네.
초록은 주변의 초록을 따라간 듯.

빈 공간을 하양으로 칠한 적이 있네.
구름을 하양으로 칠한 적이 있네.
손을 넣으면 손이 쑥 들어가는 것들.

하양을 기억하라는 것이네.
하양도 자연이라 하네.

나무의 초록/구름의 하양.
수리산이 쑥 들어오라 하네.

모자나무

모자가 걸려 있다
중절모 바스크모 빵떡모 베레모

할아버지 증조할아버지
할머니 증조할머니
외할머니 외할아버지
어머니 외삼촌
모자가 걸려 있다

사만 명의 유보트 대원 중 삼만 명이
돌아오지 못했다
삼만 개의 하얀 모자도 걸려 있다

나의 중학교 교모도 걸려 있다

죽은 사람의 모자를 거는
모자나무
죽은 사람의 눈에만 보이는
모자나무

살아 있다고 다 살아 있는 것이 아니다

유리창 모자

유리창 모자를 쓰고
유리창 걸음으로 걷는다
유리창 말로 말한다

유리창 안은 환하다
불타고 있다

유리창 모자를 쓰고
유리창 걸음으로 걸으며
유리창 말로 求하지만

유리창 안에서는 듣지 못한다

유리창 안으로는 갈 수 없다
유리창 안에는
모자가 걸려 있다

유리창 모자를 쓰고
유리창 걸음으로 걷는다
유리창 말로 말하다

천천히 사라져 간다

철제 다리

응봉폭포에서부터 십이선녀탕 입구 매표소까지 7개 있다
계곡을 건너게 하고 있다
앞의 3개에는 가늘게 썬 폐타이어가 박혀 있다
6번째 다리 옆에 7명의 山友가 잠들어 있다고 새겨져
있다:
1968년 ×월 ×일
김형태, 김신철, 김한종, 박승호, 민병주, 조나령, 한
명숙

'아직' 아무나 죽어 있는 것은 아니다

한 명 숙, 이 죽어 있 다.
조 나 령, 이 죽어 있 다.
민 병 주, 가 죽어 있 다.
박 승 호, 가 죽어 있 다.
김 한 종, 이 죽어 있 다.
김 신 철, 이 죽어 있 다.
김 형 태, 가 죽어 있 다.

아직 '누구나'의 죽음이 아니다

7개의 다리를 내가 세었고
3개의 폐타이어 다리가 나에 의해 밟혔고
6번째 다리에서 박 찬 일이 멈추었고

7개의 姓名을 또박또박 읽었고
급류에 휩쓸려 갈 때의 모습을 상상했다

'아직' 그들과 나 사이에 다리가 있다
(2005년 ×월 ×일)

죽은 나무가 나무다

지리산 장터목의 枯木은
말한다.
나무가 자라서
나뭇잎이 펄럭인다고 나무인가.
바람일 뿐, 바람 표시일 뿐.

한번 가면 다시 안 올 그딴 노래는
부르지 마라.
새들의 속삭임
새들의 가벼운 날개를 위해
잔가지를 치지 마라.

살아 있다는 것은
졌다는 것이다.
다시 말할까.
항복했다는 것이다.
한 점의 살, 한 방울의 피까지 다 뺏겼다는 것이다.

겨울이 와도 봄을 기다리지 않는다.
봄이 와도 싹을 틔우지 않는다고 노래 부른다.

모든 바람에게 길을 터주는
그는

노래 부른다.
죽은 나무가 나무다.
영원히 나무다.

다대포의 悲歌

이파리 무성히 흩날리는 끝에서 바라보이는 것은
몸뚱어리이다.
옛날 이야기 부스럼이 아니라
바람이 불 때마다 몇 컵씩 떠가는 육체이다.
바로 발 밑에서 무너지는 해안이다.

2개의 인생이 있다고. 1개의 인생이 끝났을 뿐이라고
속삭여주는 분이 없다. 없는 것이
없는 것이 다대포엔 있다.

2개가 아니라 12개인 적이 있었다.
명승 한 갑에는 12개피가 있었고 12번을 시작할 수 있
었다고
은하수 한 갑에는 20개의 자유가 있었고
20번을 다시 시작할 수 있었다고

속삭여주는 精神이 없다. 없는 것이
없는 것이 다대포에 있다.

바람이 불 때마다 몸뚱어리가 몇 컵씩 떠가므로

해안이 바로 발 밑에서 무너지므로
悲歌이다. 다대포의 비가이다.

녀석아, 녀석아 머릴 내밀어라

햇볕과 안개, 그리고 그 안을 운행하는 하얀 손이
붙잡아 올린 奇蹟,
매번 그 뜻에 이끌리어 바닷가에 온다
매번 그 뜻을 존중해서 수평선을 지켜본다

녀석아, 녀석아 머릴 내밀어라
거북과 있고 싶다고 바다 속으로 들어간 녀석아

머리를 내밀지 않으면 나를 잡아먹을 테다
하얀 손을 잡아먹을 테다

아니요, 아니요
하얀 손이시여, 내 願대로 마옵시고
당신 願대로 하옵소서

녀석아, 녀석아 머리를 내밀어줘라,

의암터널

조금만 더, 조금만 더, 하다가
아직, 아직, 하다가
터널 속으로 쑥 들어가 버린다.

조금만 더, 조금만 더, 하다가
아직, 아직, 하다가
터널 밖으로 나와 버린다, 아주.

긴 터널과 짧은 터널이 있다.

길게 마음 졸이지도 않고
너무 짧아 아쉽지도 않고
의암터널이 적당해 보인다.

의암터널로 가지 않고 의암댐 쪽으로
가는 길도 있다.
아예 터널 속으로 들어가지 않는.
드라이브 코스이다.

아버지의 이발사

머리만 있는 할아버지들이 공중을 날아가고 있다. 先頭의 모습만 분명했는데 왜 아버지의 이발사라고 발음했는지 모르겠다. 스카이다이버 안경을 쓰고 백발을 날리며……

아버지의 이발사가 하늘을 날 리 없다. 아버지의 이발사가 보았어도 아버지의 이발사라고 하지 않았을 거다. 다시 아버지의 이발사라고 발음해 본다. 정말 아버지의 이발사가 난 것 같다.

궁금하다. 스카이다이버 안경을 쓰고 백발을 휘날리며 날아가는 할아버지가. 그를 아버지의 이발사라고 한 것이. 그가 나를 본 것이. 내가 지금 아버지의 이발사를 쓰는 것이.

알 수 없는 영역과 알 수 있는 영역이 있다. 알 수 없는 영역이라고 하면 그만이다. 아버지의 이발사가 웃었던 것 같기도 하다. 아, 그 모습 영락없는 하느님이거나 아버지이다.

아버지의 이발사와 아버지, 하느님들이 스카이다이버 안경을 쓰고 백발을 날리며 공중을 날아간다. 모두 몸이 없다. 공중이 몸이다.

그러고 보니 나도 스카이다이버 안경을 쓰고 있다. 백발이다. 아버지는 아버지의 이발사를 시켜 아버지의 머리를 자르게 하셨다. 나의 머리도 자르게 하셨다.

나는 주일학교 하느님의 단정한 소년이었다. 뭐 눈에 뭐가 보인 걸까, 몸으로 살아본 적 없는.

忌日

1

산본역은 지상에 있고 을지로3가역은 지하에 있다.
똑같은 것은 떨어질 수 있다는 것이다.
산본역에서도 떨어질 수 있고
을지로3가역에서도 떨어질 수 있다.

산본역에도 가기 싫고
을지로3가역에서도 내리기 싫다.

을지로3가역으로 돌아오기 싫다.
떨어지는 것은 한 순간이다.
떨어지다 보면 늦는다.

2

나를 끌고 가던 손이 나를 놓아버렸다.
나를 끌고 가는 손이 있다고
생각한 적이 있었다.

떨어지는 것은 떨어지는 것.

떨어져도 이제 할 말이 없다.

3

을지로3가역에는 '푸른思想'이 있다.
을지로3가역에서 떨어지면
푸른사상이 나의 마지막이었던 것.

그녀는 진행 방향 오른쪽 두 번째 자리가
마지막이었다.
혼신의 힘을 다해 깨어나서는 집에 가고 싶다고 했다.
그리고 숨을 거두었다.
버스를 많이 타고 다녔어도
버스가 마지막이었을 줄은 몰랐으리라.

4

갈 것인가, 말 것인가.
집을 나설 것인가, 말 것인가.

안전선 뒤로 물러서 달라고 할 것이다,
산본역에서는, 을지로3가역에서는,

腹痛

肝도 안 아프고
코도 안 아프고
精神도 안 아프고
나를
이 세상에 내보내 줘
날 닮지 않은 나를
내보내 줘
무엇보다
習과 慣을 빚지 않는
이런 內幕
지껄이지 않는
날 내보내 줘
날 내보내지
말아줘

2 폭포

십이선녀탕

폭포는 내려다보는 것이 아니라
올려다보는 것이다
내려다보면 내려가고 올려다보면 올라가는데
에스컬레이터와 같다

올라가는 것이다 폭포는 올라가는 폭포이다

올라가면 또 있고 올라가면 또 있는
십이선녀탕은 십이 번 올라가는 폭포이다

십이 번 위는 비어 있다
북극점과 같다:
"당신이었습니다. 더 갈 곳이 없습니다."

뒤돌아보지 않는 선녀와 같다

태풍

"잡는 순서는 수년 전부터 정해져 있었다. 호두나무 서랍장 위에 놓인 물건들은 칼, 수첩, 빗, 말 이빨, 낡은 회중시계의 순서로 그의 호주머니 속으로 들어갔다"

2002년 태풍 루사가 동해안 주택들을 훑고 지나갔을 때 냉장고, 세탁기, TV, 그 밖의 가재도구들이 뒤죽박죽 길거리에 나앉았다. 사람도 나앉았다. 주머니에 들어갈 것도.

휴대폰은 바지 앞쪽 왼쪽 주머니에, 담배 라이터, 열쇠는 바지 앞쪽 오른쪽 주머니에, 지갑은 바지 뒤쪽 왼쪽 주머니에, 손수건은 바지 뒤쪽 오른쪽 주머니에, 수첩은 셔츠 왼쪽 주머니에 가지고 다닌다. 수년 전부터 정해져 있다.

2003년 태풍 매미가 제주도와 半島 동남 해안을 휩쓸고 지나갔을 때 많은 주택이 파괴되고 침수되었다. 크레인이 넘어가고 다리가 무너져 내렸다. 사람들이 지하실에서 나오지 못했다. 주머니에 있는 것들이 밖에 나와 아무렇게나 돌아다녔다.

"바닷가 모래사장에 그려놓은 얼굴이 파도에 지워지듯
〔질서의〕 인류는 지워지리라"

초록 무덤

무덤은 빙산의 一角이란다.

거대한 무덤이란다, 지구가.
무덤 위에 무덤이
무덤 위에 무덤이
쌓이고 쌓여

단단해졌단다.
동글동글해졌단다.

그 위에 초록 풀이 입혀졌단다.

바다는 무덤 아닌가요.
죽은 자를 물에 타서
죽은 자에 죽은 자를 타서
초록빛을 내는.

그렇단다. 그래서 지구가 초록이란다.
초록 무덤이란다.

폭포

폭포는 말이 많다
옆으로 가지 않는다고 위로 가지 않는다고
밑으로 간다고
말이 많다

밑으로 가는 말 많은 말은 들을 필요가 있다
돌아오지 않는 말은 들을 필요가 있다

under–stand :
4층 남자 화장실 오른쪽 門 안에 새겨져 있던 말이다
"밑에 서 있어라, 그것이 '理解하다'이다"

화장실 물도 얼마나 말이 많은가
밑으로 간다고
가서 다시 돌아오지 않는다고
가서 다시 돌아오지 않는 말은 새길 필요가 있다

빠른 비행기, 높은 무역센터

기차는 빨라, 빠르면 비행기
비행기는 높아, 높으면 무역센터.

말에 그렇게 쓰여 있다.

반 호디스는 기차를 떨어뜨렸다.
샤프너 감독은 자유의 여신상을 쓰러뜨렸고.

비행기들이 떨어지고
무역센터가 쓰러진 것은 빈 라덴?

빠른 것과 높은 것이 만나
빠른 것이 끝나고 높은 것이 끝난다.

말에 그렇게 쓰여 있다.

중요한 것은 나는 것.
중요한 것은 높은 것.

말이 그렇게 쓰러져 있다.

수녀원장

허리가 휘어서
코가 땅에 닿을 듯하다
이삭 줍는 아낙처럼.

하늘만 보던 사람인데
늙어서야 땅을 본다.

갈릴레오

1

죽은 개미 떼가 다시 왔다
죽은 외할아버지가 다시 왔다
'죽은 것'이 죽은 것을 불러내고 있다
죽은 것을 심판하고 있다

한 번 갈릴레오는 영원한 갈릴레오:
죽기가 쉽지 않다는 뜻
여러 번 죽어야 한다는 뜻.
잔 다르크처럼 불타야 했다

2

태양이 돕니까 지구가 돕니까
(이번에는 사실대로 말해야 한다)
지구가 돕니다
(그 동 안 태양이 돌았다)

외할아버지, 조선은 지 금 도 일제 식민지입니다
이번에는 반대하소서

조선을 독립시키소서

3
죽은 개미 떼가 다시 왔다
무덤을 파헤치고 있다
지구를 돌게 한다
조선을 독립시킨다.

집안의 산보자들

아들은 아비보고 쓰레기라 하고
아비는 아들보고 쓰레기라 한다.
아비보고 거짓말쟁이 사기꾼이라 하고
아들보고 거짓말쟁이 사기꾼이라 한다.

아비는 아들 쪽을 보지 않고
아들은 아비 쪽을 보지 않는다.
집안의 산보자들.
그가 내 곁을 지나간 것처럼
내가 그 곁을 지나간 것처럼
아비와 아들은 지나간다.

아들이 이기게 되어 있다.
더 오랜 시간
거짓말쟁이 사기꾼이라 하기 때문이다.
살아서 안 행복하게 있고
죽어서도 안 행복하게 있을 거고
요약이 된다, 아비 인생이.

죽은 자는 말이 없지만

맞다, 아비는 거짓말쟁이 사기꾼이었다.
너는 거짓말쟁이의 아들이었다.
너는 사기꾼의 아들이었다.
거짓말쟁이의 아들이여, 거짓말쟁이를 낳기를.
사기꾼의 아들이여, 사기꾼을 낳기를.

아비도 만만치는 않다.
같이 안 행복했던 걸로 요약되자.

대~~한민국!

132억 년에 대한 말씀

1
우주의 歷史는 대략 132억 년
서로 멀어지고 있는 두 별의 속도를 재보라
대략 132억 년 전에 한데 모여 있었다

132억의 돈을 가진 분들이 우주의 歷史만 한 분들
더 많이 가진 분들은
우주를 사고도 남는 분들

겸손과 거리가 먼, 별 같은 분들

계속 멀어지면
다시 한 점에 모아야겠다
당기는 힘으로 멀어지려는 힘을 꺾어
원점에서 시작하게 해야겠다

참고: 원점은 티끌보다 작다

2
1억 원은 안심하라는 것은 아니다
억 단위로 노니까
우주 나이가 억 단위라고 하는 것이다

별 억 개를 세보시라

2008 푸른 트럭

자동차와 자동차 사이
언뜻 푸른 트럭이 지
나갔습니다
작은 것을 기준으로
작지 않은 것은 모두
도려냈습니다

장롱이 붉은 벽돌만
했습니다
냉장고도 붉은 벽돌만
했습니다
푸른 이삿짐 푸른 이
삿짐을 실은 트럭이
언뜻 지나갔습니다
작은 것을 기준으로
작지 않은 것은 모두
도려냈습니다
자동차와 자동차 사이
붉은 벽돌을 실은 트럭
이 언뜻 지나갔습니다

時調

일본과 한국이 한국에서 축구할 때
일본보고 대놓고 지라고 하더니
한국과 일본이 일본에서 축구할 때

한국보고 대놓고 지라고 하더니
대마도도 일본 땅 독도도 일본 땅
독도도 한국 땅 대마도도 한국 땅

일본과 한국이 한국에서 축구할 때
일본보고 이기라고 했으면 좋겠어
한국과 일본이 일본에서 축구할 때

한국보고 이기라고 했으면 좋겠어
대마도도 한국 땅 독도도 한국 땅
독도도 일본 땅 대마도도 일본 땅

3 검은제비나비

나는 나비의 이름 1

하늘하늘 날아다니다가
하늘 바깥을 궁금해하다가
평생을 다 보낸 자

하늘 아래 것을 다 놓친 자

물구덩이에 빠졌다
물구덩이에 하늘이 비치고 있다

나비의 원수는 날개
나비의 원수는 하늘

나는 나비의 이름 2

흐르는 大氣가 나의 몸통
그가 나를 단박에 멀리까지 가게 한다
꽃나무가 나의 몸통
그가 나를 먹여주고 재워준다
그리고 몸통은 나, 나의 날개 나의 몸

하늘 안이 다 나의 몸통
하늘은 하늘 안으로 채워져 있다

내가 날아가는 것은 하늘이 날아가는 것
하늘이 하늘하늘 날아가는 것

나는 나비의 이름 3

나는 하늘의 가장 안쪽에서
하늘의 반지름을 측정하려고
길을 떠난 자

길에서 죽을 자

하늘을 붙들고 있는 것은
하늘 바깥이 아니라 하늘 안이다
길 떠난 자의 무덤이다

검은제비나비 1

머리 위를 스치듯 지나가는 검은제비나비!

혼신의 힘을 다해 올라가지만 사과처럼
힘껏 떨어진다
사과처럼 떨어지는 몸!

분분히 흩날리는 눈송이처럼 혼신의 힘을 다해
도망친다
눈송이처럼 흩날리는 날개!

하늘 천장 때문이다

저리 가면 저리 가 있고, 이리 가면 이리 가 있는.
말랑말랑하지도 않은, 딱딱하지도 않은.

시간이 끝나버린, 공간이 끝나버린.
스코트 대령들을 쓰러뜨린.

하늘 천장 때문이다

천장 바깥에는 왕만 있어
천장 바깥에는 왕국이 없어

검은제비나비 2

대지가 원인인 대지와 허공이 원인인 허공
그 사이 검은제비나비가 있다

대지에 처해 있는 대지와 허공에 처해 있는 허공
그 사이 검은제비나비의 날개가 있다

허공에서는 허공으로 날고 대지에서는 대지로 날고

허공에서는 허공으로 사라져주면 되고
대지에서는 대지로 사라져주면 되고

검은제비나비 3

하늘은 검은제비나비의 하느님이 아니라
검은제비나비이다
검은제비나비가 손을 놓으면 하늘이 무너진다
하늘이 무너지면 땅이 무너진다
검은제비나비를 따라다닌다
하늘은 하늘이고 땅은 땅이지만
검은제비나비는 검은제비나비가 아니다
검은제비나비가 물을 잡아주고 산을 잡아준다
검은제비나비가 그들의 元帥이다

마우스를 놓으면 세상을 놓칠 것처럼
검은제비나비를 따라다닌다
하늘의 가장 바깥쪽을 통과하는 검은제비나비
자기네가 붕괴한 것을 알고 싶다고 인도로 간 사람들
처럼
검은제비나비를 줄줄 따라다닌다
검은제비나비는 정말이지 나이다.

4 공중전화의 생활난

사과나무의 불안

사과나무가 불안한 것은 사과가 떨어지기 때문이다. 꼭 떨어지기 때문이다. 불안에는 요행이 없다. 불안은 이루어진다. 불안이 이루어지지 않는 경우는 불안을 꿈꿀 때이다. 불안을 꿈꾸면 불안은 이루어지지 않는다. 사과나무의 사과는 떨어지지 않는다. 아직 남아 있는 사과나무의 사과알들을 보라. 불안을 꿈꾸는 사과알들이다. 떨어지지 않는 사과알들이다. 떨어지지 않으려고 불안을 꿈꾸는 사과들은 아니다. 떨어지지 않으려고 불안을 꿈꾸는 사과들은 더 빨리 떨어진다. 떨어지지 않으려는 것이지 불안을 꿈꾸는 것은 아니기 때문이다. 아직 남아 있는 사과나무의 사과알들은 오로지 불안을 꿈꾼 사과알들이다. 떨어져 주려고, 기꺼이 떨어져 주려고 마음먹은 사과알들이다. 불안에 쾌히 시달리자는 사과알들이다. 불안을 꿈꾸는 사과나무의 꿈은 이루어지지 않는 꿈이다. 이루어지지 않는 것이 이루어지는 것이다.

마음에 대한 보고서

나를 여태까지 키운 것은 불안이었다
아침으로 먹고 점심으로 먹고 저녁으로 먹는다
내 몸에는 항상 불안이 소화되는 중이다
어쩌다 불안을 굶으면 배에서 꼬르륵거리는 소리가 난다
불안이 제일 먹고 싶다 파를 송송 썰어 넣고
양파를 벗겨 넣고 나중엔 달걀을 풀어 휘휘 젓는다
불안 냄새로 온 실내가 진동하고
불안이 마침내 익으면 불안을 꺼내 후후 불어가며
맛있게 먹는다 꼭꼭 씹어 먹는다

불안을 떨어뜨리지 않는 일이 중요하다
따지고 보면 다 세끼 불안 먹자고 하는 짓이다

불안을 사러 다닌다
아침 점심 저녁 먹을 불안을 사러 다닌다
목욕탕에 간다 극장에 간다
시장에 간다 결혼식장에 간다
세미나장에 간다 전람회장에 간다
병원에 간다 학교에 간다
시 낭송회에 간다

싸게 살 수 있는 곳이면 어디든 간다
한아름 불안을 사 가지고 와
냉장고에 쟁여 넣는다

몸에는 항상 불안이 소화되는 중이다.
식도를 지나 위를 지나 십이지장을 지나
작은창자 큰창자 항문으로 가는 길이 있다
차근차근 불안은 분해된다
불안이 나를 살찌게 한다

인생

서 있는 모든 것은 눕고 싶어 한다. 맞는 말이다. 불안
이다.

서 있는 모든 것은 누울 수 있다. 맞는 말이다. 중력
이다.

불안에 시달리다가 중력으로 끝난다.

내 소나무 숲

파멸을 부르짖는 속삭임에 대해 또 이야기하네 파멸을 부르짖는 속삭임이 있어서 행복했네 파멸을 부르짖는 속삭임이 있을 때마다 소나무 한 마리씩 낳았네 소나무 숲 이루었네

머리끝에서 발끝까지 딱딱한 풍선이었네 바늘로 찌르면 가지가 뻗어져 나왔네 잎이 나풀거렸네 열매가 툭 떨어졌네

세끼 식사보다 더 많이 숨을 스톱시켰네 더 많이 피를 내었네 하루에도 몇 마리 소나무를 낳았는지 모르네 참 열심히 살았네

소나무 숲을 거닐면서 화려한 시절 회상하네 지금도 파멸을 부르짖는 속삭임이 들리고 소나무 숲은 확장되지만 예전의 속도는 아니네

언젠가 나는 소나무 숲으로 완전히 이사할 거라네 파멸을 부르짖는 속삭임에 영원히 있을 수 없는 거라네 내 소나무 숲에 묻혀 파멸을 부르짖는 속삭임을 그리워할 거라네

공중전화의 생활난

공자가 줄넘기 장난을 하는데 용인이 나타난다
민속촌을 지나 고시원이 나타난다
고시원 가기 前 공중전화 부스가 나타난다
카드는 안 되고 동전만 되는 공중전화
그녀는 없고 공중전화가 나타난다

꽃이 상층부에 피었을 때 공자는 줄넘기로 답하였다
꽃이 공자와 합쳐서 놀고 공자도 꽃과 합쳐서 놀고
나는 공중전화와 합쳐서 놀고
공중전화는 그녀와 합쳐서 놀고

공자는 줄넘기를 하고 나는 동전을 넣고

고시원에 가면 늘 배고팠다
쇠고기를 먹고 미역국을 먹고 참치찌개를 먹고
마카로니들을 먹었다
한 번 먹고 두 번 먹었다

상층부에 있는 그녀는
먹어도 먹어도 채워지지 않는 공중
권세였다

숲길

서서 다니련다. 엎어져서 네 발 짚고 다니지 않으련다. 눈에 밟히는 것들, 저 작은 족속들. 죽이는 것은 슬프다. 죽이는 것을 보는 것은 더욱 슬프다.

공기도 죽을 수 있다. 공기를 죽이는 일도 슬프다. 투명한 공기를 죽이는 것을 보는 것은 더욱 슬프다. 입김을 어디로 두어야 하나. 입김을 어디로 쐬어야 하나.

이러지도 못하고 저러지도 못하는데 숲길이 끝난다. 아스팔트 길! 참았던 이산화탄소가 훅 터진다. 직립 보행자의 피톤치드.

아스팔트에는 작은 족속들이 없다. 투명한 공기들이 없다. 인간이 진화하였다, 숲에서 아스팔트로.
숲에는 작은 족속들이 살고, 투명한 공기들이 살고. 아스팔트에는 인간이 살고.

汝矣島聖母病院

빳빳이 고개를 들고 가는 여자는 누굴 만나러 가는 여자. 나를 앞서 줄행랑치듯 가는 하얀 옷의 저 여자도 누굴 만나러 가는 여자. 그 여자와 나는 점점 멀어진다. 대방역에 도착했을 때 그녀는 사라지고 없다. 기차를 탔을까, 아니면 구내에 있는 쟈뎅으로 들어갔을까. 커피를 마시고 있을까.

나에게 대방역 가는 길을 물어보던 노파도 보이지 않는다. 이제 다리를 건너고 있을까. 택시를 타면 금방인데, 택시 값을 절약하려고 했을 거다. 셔틀버스를 탈 수도 있었는데, 병실 면회를 너무 오래 했을 거다. 6인용 병실이었을까, 7인용 병실이었을까.

나는 어느 병원에 있게 될까. 어머니는 늘 지나다니시던 道立病院에서 사망선고를 받으셨는데, 나는 어디서 받게 될까. 집 옆에 있는 南天病院일까. 어느 장례식장에서 사람들을 오게 할까. 내가 아는 장례식장? 사람들은 무슨 얘기를 할까. 대부분 亡者와 상관없는 얘기를 하던데.

고개를 수그리고 가는 여자는 누굴 만나러 가지 않는

여자. 혹 나를 아는 여자였을까, 나를 피해서 가는 여자?
그러고 보니 오늘은 다 여자다. 聖母病院에 온 것도 그
때문. 동료 어머니가 돌아가셨다.

나는 우산을 모른다

우산은 여태까지 不可抗力이었지만

소총 洗禮를 받으라
양손 검지와 중지를 구멍에 집어넣어
발기발기 찢는다
온몸으로 비를 세운다
볕을 세운다

하늘 아래 하늘은 아니다
하늘 아래 直接 살아야겠다

영원히 씌우려고 하다니
영원히 씌울 뻔했다

새로 立法한다
우산은 가라 우산 위의 너는 가라
우산 밑의 나는 간다

비 들지 않는 곳은 가라
볕 들지 않는 곳은 가라

그동안 잃은 비가 아깝지만
잃은 볕이 아깝지만
오늘은 오늘의 비가 내린다
오늘의 해가 떠오른다

기억도 立法할 수 있다면
비를 수직으로 맞았고 볕을
쨍쨍 쬐었다면!

엎어 씌우는 힘으로 發音한다
나는 우산을 모, 른, 다
나는 정말 잊었다.

'불행 중 불행'의 목록을 작성해 보시길

필리핀 근처 마리아나 해구 깊이는 10,900m
에베레스트 높이는 8,848m
해발 위의 것을 바다 속에 다 처넣어도 웅덩이는 남는
다는 뜻
영원한 웅덩이

웅덩이 宇宙
미국이 빠져 있고 책가방이 빠져 있고

크게 보면 한 가지라는 것
웅덩이 안에 있다는 것
웅덩이 밖을 볼 수 없다는 것

웅덩이 밖을 못 본다고 불행하지 않다
불행 중 불행은
불행하게 사는 것:

태양이 궁금하다

아침 태양과 저녁 태양 사이
어디쯤에서 종말이 올 것인가
저녁 태양과 아침 태양 사이에
종말이 올 것인가
태양이 궁금하다*

* 아침 태양과 저녁 태양 사이 한 지점에서 몰락이 거행된다. 저녁 태
  양과 아침 태양 사이 한 지점에서 몰락이 거행된다. 몰락은 스물네
  시간 안에 있다. 내일은 내일의 태양이 떠오른다는 말은 내일은 내
  일의 몰락이 있다는 말이다. 태양은 몰락의 태양이다. 인간은 스물
  네 시간짜리. 스물네 시간을 벗어나지 못한다.
  문제는 기꺼이 몰락해 줄 수 없다는 것. 선에서도 악에서도 대범하
  지 못한 것.

1999년의 「목욕탕의 詩」와 2002년의 「목욕탕의 詩」, 그리고 「또 하나의 詩」

1999년의 「목욕탕의 詩」는 다음과 같이 고쳐질 수 있다

몸이 물을 우그러뜨리지 않는다
몸의 부피만큼 물은 부어올라
목욕통 밖으로 나간다

발견해서 좋았겠다, 아르키메데스여

2002년의 「목욕탕의 詩」는 다음과 같다

아르키메데스 이후 이천이백년 동안 몸이 물을 우그러
뜨리지 않았다 몸의 부피만큼 물은 부어올라 목욕통 밖으
로 나갔다

아르키메데스 때와 다른 점이 있다면 덩실덩실 춤을 추
며 목욕통 밖으로 뛰쳐나가 알아냈다! 알아냈다! 외치는
아르키메데스들이 없었다는 점이다 이천이백년 동안 사람
들은 자기 몸의 부피만큼 빠져나가는 물을 멍청하게 바라
보다가 천천히 걸어나왔다 "아르키메데스가 이미 했는데
뭐" 덩실덩실 춤을 추며 목욕통 밖으로 뛰쳐나가 소리칠

일이 이천이백년 동안 없었다. 물은 이천이백년 동안 몸의 부피만큼 부어올라 목욕통 밖으로 나갔다

「또 하나의 시」는 다음과 같다

2005년 가을 어느 날 목욕통 속에서 준엄하게 말한 사람이 있었다 "물은 목욕통 밖으로 나가는 것이 아니라 버려지는 것이다 언젠가 버릴 물도 없게 될 것이다 아르키메데스들이여 지금부터라도 몸의 부피만큼 물을 덜 받으라" 이 말은 '아르키메데스의 원리'와 함께 한동안 유효할 것같다. 한동안 이 말을 '아르키메데스 원리에 덧붙이는 말'로 부르면 어떨지.

5 수리산에서 — 노자의 가르침

춤

거대한 춤
북방 한계선과 남방 한계선을 넘실넘실 드나드는
거대한 동해 바닷물

황홀한 춤
북방 한계선과 남방 한계선을 넘실넘실 드나드는
황홀한 동해 바닷물

무서운 춤
북방 한계선과 남방 한계선을 넘실넘실 드나드는
무서운 동해 바닷물

수리산에서
—— 노자의 가르침 8

정상에 가까이 갈수록 숨이 가쁘다.
정상에 도달할 생각을 하니까 숨이 가쁜 것이 아니다.
모든 산에는 정상이 있고
정상 바로 전에 깔딱고개가 있다.
깔딱고개를 다른 말로 코산이라고 한다.

정상에 가까이 갈수록 숨이 가쁜 것은
코산 때문이다.
코가 산에 닿기 때문이다.
정상을 생각해서 숨이 가쁜 것이 아니라.

정상에는 정상이 없다.

수리산에서

—노자의 가르침 7

낙엽이 살아났다
눈을 맞더니 낙엽이 낙엽으로 되었다

밟혀 준 보람이 있었다
찢어져 준 보람이 있었다

눈의 기적이라고
낙엽의 기적이라고
무엇보다도
눈과 낙엽의 기적이라고 말해야겠다
믿지 않는 분이 있다면

눈이 오고 나서 한 열흘쯤 뒤
수리산에 와보시라

다시 살아나 준 낙엽들을 보시라

수리산에서
── 노자의 가르침 6

#1
내려가던 물이 꼼짝 못하고 있다
웅덩이가 가두고 있다

물이 더 밀고 가지 못하게 하는 힘
웅덩이의 힘!

#2
물이 빙빙 돌고 있다
水位를 높이고 있다

웅덩이가 넘칠 때까지 흐르지 않는 힘
물의 힘!

#3
웅덩이가 터져주고 있다

수리산에서
— 노자의 가르침 5

이승에서 저승으로 옮겨가지 않는다 이승에서 이승으로
옮겨간다 저승에서 이승으로 옮겨가지 않는 것처럼. 저세
상에서 다시 만나자 했지만 저세상에서 다시 만날 수 없
으므로

다람쥐를 보면 알 수 있다 다람쥐가 안 보인다고 저승
에 갔다고 할 수 없다 어디 있는지 알 수 없을 뿐이다

저세상에서 다시 만나자 하지 말고 이 세상에서 다시
만나자 하자 이 세상에서 꼭 찾아내겠다 하자
어머니 이 세상에 있다 새끼 이 세상에 있다

수리산에서 마주칠지 모른다 모퉁이에서 홀연히 나타날
지 모른다 너를 향해 조용히 걸어오는 자 두려워하지 말
고 안으라

저세상에서 다시 만나자 하지 말고 이 세상에서 만나자
하라

수리산에서
— 노자의 가르침 4

수리산에는 박정희 시대부터 올라온 사람들, IMF 시대부터 올라온 사람들이 많다.

그러고 보면 일제 식민지 시절 白石이 원조다. 나타샤 보고 깊은 산골 오두막에서 살자고 하였다("깊은 산골로 가 마가리에 살자").

새 노래는 공으로 들으랴오

강냉이가 익걸랑
함께 와 자셔도 좋소

왜 사냐건 웃지요

그러고 보니 김상용의 예가 적당하다. "공"은 수리산 아래 사람들에 대한 위협이다. "함께" 나누어 먹는 것도 수리산 아래 사람들에 대한 위협이다. 대답하지 않고 "웃"는 것도 수리산 아래 사람들에 대한 위협이다. 수리산 사람들은 위협하는 사람들이다. 박정희를 위협하였고, IMF를 위협하였다. "산골로 가는 것은 세상한테 지는 것이 아니다/세상 같은 건 더러워 버리는 것이다"(白石).

수리산에서
—노자의 가르침 3

여자는 둘 이상이 간다
산이 덮치기 때문이다
남자는 혼자서 간다
산이 덮치라고 하기 때문이다

두 개의 족속이 있다
사는 게 재미있다
사는 게 사는 게 아니다

수리산에서
── 노자의 가르침 2

돌아서서, 왔던 길을 다시 가면 올라가는 길은 내려오
던 길 내려가는 길은 올라오던 길. 길이는 같은데 길이
다르다

길은 가고 오고 해서 완성된다 올라가면 내려가 보아야
한다 올라가기만 하고 내려가 보지 않으면 올라간 것이
아니라 돌아오지 못하는 곳으로 간 것이다

내려가면 올라가 보아야 한다 내려가기만 하고 올라가
지 않으면 내려간 것이 아니라 돌아가지 못하는 곳으로
간 것이다

돌아갈 수 있는 시간을 남겨두어야 한다 "천장을 보고
한참 누워 있을 시간을/일 년에 한두 번은 가져야 한다"
박찬일의 노래이다

수리산에서
―노자의 가르침 1

돌아서서, 왔던 길을 다시 가면 올라가는 길도 더 멀고
내려가는 길도 더 멀다

올라가는 길은 내려가던 길 내려가는 길은 올라가던 길
슴하면 길이가 똑같은데 더 멀다

한 번만 가라고 한 길은 한 번만 가야 좋다 돌이킬 수
없는 길을 가야지 돌이킬 수 있는 길을 가자면 처음 길도
길이 아니고 두 번째 길도 길이 아니다

두려워하지 말고 계속 가라
끝나는 곳이 도달하는 곳이다
한 번만 가라고 한 길이다

수리산에서
— 노자의 가르침 0

맥주 세 잔이 있다. 한 잔은 그대에게.
한 잔은 나에게. 또 한 잔은 여기 없는 이에게.

다시 돌아갈 수 있다면. 두 잔의 세상으로.
한 잔은 나에게. 한 잔은 그대에게.

다시 돌아갈 수 있다면. 한 잔의 세상으로.
한 잔을 나에게.

그대의 맥주를 마셔 내 맥주를 마셔
여기 없는 이의 맥주를 마셔 돌아갈 수 있다면.
맥주 없는 세상에게.

땅 하늘 오줌 똥

똥을 누고 싶으면 누고
오줌을 누고 싶으면 누고
똥을 계획적으로 누는 사람? 너?
오줌을 계획적으로 누는 사람? 너?
나도 그렇다
술을 계획적으로 마시지 않고
욕을 계획적으로 하지 않는다
인간은, 나를 포함하여, 계획적이 아닐 거다
왜 계획적으로 살라 하는가
논리적으로 강요하는가
오줌을 누고 싶을 때 눈다
똥을 누고 싶을 때 눈다
사랑하고 싶을 때 사랑한다
세 라 비 C'est la vie.

6 아포리즘·기타

"왜 죽으려느냐, 갈 곳이 없다"

*

세상 바깥 것을 궁금해하다가 세상 안의 것을 다 놓친 어리석은 자 여기 잠들다 1

*

절규는 문법을 지키지 않는다. 2

*

절규는 본질로의 집중이다. 3

*

사형수가 감방에서 사형 집행장까지 걷는 길을 그린마 일이라고 한다. 한계적 상황의 길이다. 그린마일을 걸으 며, 한계적 상황을 걸으며, 사형수에게 떠오르는 것은 '저절로' 떠오르는 것이다. 가장 소중한 장면, 가장 소중 한 사람이, 마치 바닷물 속에 억지로 집어넣은 부표가 다 시 힘차게 떠오르듯이, 저절로 떠오르는 것이다. 이러한 한계상황에서 떠오르는 것이 만약 '말(언어)'로 바뀌어진 다면 그것은 '절규 같은' 말일 것이다. 접속사, 조사, 부 사 등은 생략되는 절규 같은 말일 것이다. 온전한 문장으로서의 말이 아닐 것이다. 명사 위주의 말일 것이다. 문법도 지켜지지 않을 것이다. 사전에 없는 말도 나올 것이다. 4

*

가는 것을 예찬할 수밖에 없다. 가지 않으려고 해도 가야 하는 것을 알기 때문이다. 이왕이면 기꺼이 가주는 것이 좋기 때문이다. 기꺼이 사라져주는 것이 보기 좋기 때문이다. 사실대로 말하면 그러면 덜 무섭기 때문이다. 기꺼이 가주겠다는 것은 덜 무섭게 하는 자세이다. 5

*

왜 죽으려느냐, 갈 곳이 없다. 6

*

삶이 운동이고 죽음이 정지라면 치열 분열 방황은 삶의 목록들이고 초월 화해 관조는 죽음의 목록들이다. 7

*

인간의 여러 조건 중의 하나는 '분열'이다. 인간의 마음속에 한 가지만 저어가지 않는다. 몰락의식이 저어가기도 하고, 시대의 불의가 저어가기도 하고, 행복이 저어가기도 한다. 8

*

죽음을 의식하며 사는 것은 죽음과 對面하며 사는 것이
므로 죽음에 반항하는 태도이다. 카뮈 식으로 말하면 부
조리에 반항하는 태도이다. 시시포스는 바위를 올린다.
다시 떨어질 것이라는 것을 알면서 바위를 올린다. 다시
떨어질 것이라는 것을 알면서 올리는 자는 반항하는 자이
다. 죽음에 반드시 직면할 것이라는 것을 알면서, 살아
있는 것이 살아 있는 것이 아니라는 것을 알면서, 살아가
는 자는 반항하는 자이다. 9

*

불행한 자는 그 벌로 계속 불행해야 한다. 10

*

강조하자: 불행이 죄이면 불행은 벌이다. 11

*

백사장 햇빛만큼 '세계내적 존재'를 뜨겁게 각인시키는
것이 있는가. 인간의 물질성을 뜨겁게 각인시키는 것이
있는가. 백사장 햇볕 때문에 방아쇠를 당긴 뫼르소가 이
해가 간다. 12

*

뜨거운 국이 인간이 물질적 존재라는 것을 뜨겁게 각인

95

시키고 있다. 13

     *

눈앞에 있든 눈앞에 없든 죽음 앞에서는 다 똑같다면 눈앞에 있는 것이 간발의 차이로 우세한 것이다. 죽은 어머니보다 커피가 우세하고 죽은 어머니보다 살아 있는 마리가 우세한 것이다. 커피를 마시고 마리와 잠을 자는 것이다. '눈물은 아래로 흐르고 밥술은 위로 올라간다.' 14

     *

한겨울 어머니께서 냉이를 찾으셨다. 나는 대구의 여러 시장을 돌아다녔지만 냉이를 구하지 못했다. 어머니는 냉이를 못 잡수셔서 돌아가셨는지 모른다. 15

     *

암 환자들이 아파트의 불을 끄지 못하게 하고, 암 환자들이 가로등의 불을 끄지 못하게 한다. 나에게는 꺼지지 않은 아파트의 불과 꺼지지 않은 가로등의 불이 있다. 16

     *

원숭이에서 인간으로 이르는 길이 있었다면, 인간에서 ─원숭이와 인간의 차이만큼 다른─또 다른 존재로 이르는 길이 있는 걸까. 그 '다른 존재'에 도달할 것인가. 위버멘쉬는 그 '다른 존재'에 대한 이름일까. 위버멘쉬

Üermensch는 인간 Mensch을 넘어서는 über(=over) 자이므로 '넘어선 인간'(초인)으로 번역할 수 있다. 이때의 시제는 완료형이다. 그러나 또한 '넘어서는 인간' 혹은 '건너가는 인간'으로 번역할 수 있다. 이때의 시제는 현재진행형이다. 매 순간 자기 자신을 넘어선다는 뜻이다. 누가 위버멘쉬인가. 누가 위버멘쉬가 되는가. 파우스트는 위버멘쉬가 아니다. 의학, 천문학, 법학 등 모든 학문에 통달했지만 "세상의 가장 안쪽을 붙들고 있는 것은 무엇인지" 그 궁금증을 풀 길 없어 자기 자신의 영혼을 악마 메피스토에게 저당 잡힌 파우스트는 아니다. '세상의 가장 안쪽을 붙들고 있는 것은 무엇인지' 묻지 않는 자, 그가 위버멘쉬이다. 그가 위버멘쉬가 된다. 그는 눈에 보이는 것, 핥을 수 있는 것, 만질 수 있는 것, 들을 수 있는 것, 이것 말고 또 무엇이 있겠는가, 라고 반문하는 자이다. '신'이 없다면 그것을 견딜 수 있는 자이다. 본질이 다른 곳에 있다고 생각하지 않는 자이다. 이 대지가 본질이다, 이 대지 위에 홀로 서 있는 내가 본질이라고 생각하는 자이다. 17

*

옛날, 하느님의 말씀으로 살았던 적이 있었다. 지금은 전파의 말씀으로 살아가고 있다. 휴대폰의 전파이다. 18

*

위버멘쉬는 또한 모든 것이 '한 번뿐'이라는 것을 아는 자이다. 그러므로 '한 번뿐'에 자기 자신의 전부와 결부 시키려는 자이다. 매 순간이 그에게는 끝이요, 시작이다. 위버멘쉬는 그리고 그 '한 번'이 영원히 되풀이된다고 인 식한 자이다. '한 번'을 살아낸 그 순간이 영원히 반복해 서 회귀하게 된다면 한 번을 살아내는 그때 그때마다의 순간은 얼마나 소중한 것인가. 첫날밤 의식을 치르는 데 실패한 대가로 그 후 또 첫날밤 의식을 치르는 데 실패한 다면, 그리고 이것이 영원히 반복해서 되풀이된다면 얼마 나 끔찍한 일인가. '영겁회귀'의 핵심은 그러므로 똑같은 것이 영원히 되풀이된다는 데에 있지 않다. 똑같은 것이 그 후 영원히 다시 되풀이되므로 순간 순간을 최대한도로 살아내야 한다는 것이다. [19]

*

차라투스트라는 몰락까지 동경하는 자였다. 기꺼이 몰 락하려고 한 자였다. 죽음에의 두려움을 모르는 자, 피안 으로부터 아무것도 기대하지 않는 자, 지상에서의 충실을 추구하는 자였다. [20]

*

낙타는 무거운 짐을 진 자를 상징한다. "수고하고 무거 운 짐 진 자들"이 갈 곳은 십자가이다. 십자가의 위로이다. 사자는 용맹한 자를 상징한다. 죽음도 무서워하지 않는다. 죽음이여, 와라, 기꺼이 죽어주마, 라고 으르렁댄다. 어린이는 죽음을 의식하지 않는 자이다. 삶과 죽음을 분별하지 않는 자이다. 성찰하지 않는 자이기 때문이다. 꿈을 꾸지 않는 자이기 때문이다. 21

*

지옥에서 하는 일보다, 천국에서 하는 일보다 가치 있는 일이 있다. 지상에서 하는 일이다. 22

*

'디오니소스적'은 비극적 상황(예를 들어 무신론적 상황)이 가장 인간적인 상황이라는 인식에서 출발한다. 비극적 상황을 운명적으로 받아들이는 태도이다. 유일한 본질인 '현재' 그 자체에 취해 버리는 태도이다. 23

*

다음 세상이 있다고 믿을 수 있던 때가 좋지 않았는가. 행복하지 않았는가. '서서 죽기보다는 무릎 꿇고 살 때'가 좋지 않았는가. 신에게 모든 것을 맡기고 신이 우리를 보호해 준다고 믿었던 때가 행복하지 않았는가. "별이 빛나는 창공을 보고, 갈 수가 있고, 또 가야만 하는 길의 지도를 읽을 수 있던 시대는 얼마나 행복했던가?" (루카치) 24

*

신의 존재를 인정하는 자는 얼마나 겸손한 자인가. "우리가 우리에게 죄지은 자를 용서해 준 것처럼 우리의 죄를 용서해 주옵소서"라고 읊는 자는 얼마나 겸손한 자인가. 25

*

삶은 죽음의 경쟁 상대가 될 수 없다. 죽음은 항상 삶의 앞에 있다. 삶을 끌고 가다가 삶을 내동댕이친다. 26

*

위대한 정신은 자주 모순되는 태도를 취한다. 그들은 '현재'에 충실하면서 거기에서 나올 수 있는 최고의 진리를 추구한다. 27

*

하늘은 비어 있었다. 사람들은 그 비어 있는 하늘을 보았다. 이미 본 것을 안 본 것으로 할 수 있을까. 그럴 수 있다면! 28

*

신의 죽음이 용인된다면 인간의 죽음도 용인된다. 천국과 지옥이 없다면 인간의 죽음은 '영원한 죽음'이다. 29

*

인간의 죽음이 용인된다면 용인되지 않을 것이 없다. 권력이 용인되고 불평등이 용인되고 악덕이 용인된다. 광기, 살의, 정욕, 이기심들은 삶의 중요한 세목들이다. 30

*

현실이 가상이라면 나도 없다. 나의 두통도 없다. 31

*

불안과 우울은 주체의 불안과 우울이다. 주체가 없으면 불안과 우울도 없다. '주체 부정'은 '병'의 치유에 도움이 된다. 32

*

두통으로부터 멀어지려고 하면 할수록 두통은 가까이 온다. 두통보고 가까이 오라고 하면 할수록, 두통을 기꺼이 받겠다고 하면 할수록, 두통은 멀리 간다. 두통은 엄습하지 않는다. 그러나 두통을 겪지 않으려고 두통보고 (가까이) 오라고 하면 두통은 멀리 가지 않는다. 두통은 엄습한다. 두통을 관장하는 '대왕'은 진짜와 가짜를 구별할 줄 안다. 정말 두통을 오라고 하는 것인지, 아니면 두통을 겪지 않으려고 두통을 오라고 하는 것인지, 구별할 줄 안다. 33

*

인간은──다른 생물과 달리──외부 세계를 '대상적으로' 보는 존재이다. 자기 자신도 대상적으로 보는 존재이다. 나아가 인간은 외부 세계를 대상적으로 보고 있다는 것을, 자기 자신을 대상적으로 보고 있다는 것을, 다시 대상화시킬 줄 아는 존재이다. 인간은 끝없이 분열될 줄 아는 존재이다. 34

*

고통의 극단에 처해 있을 때 평범한 생활이 '위대한' 평범한 생활이었음을 비로소 알게 된다. 35

*

원심력을 잡아당겨 제자리에 놓을 수 있는 것 중 家族만 한 것이 있는가. 家族은 구심력 그 자체라고 할 수 있다. 家族을 이겨야 원심력은 승리하는 것이다. 푸른 바다 너머를 보고 싶은 사람은 먼저 家族을 이길 일이다. 36

*

두 가지 종류의 사람들이 있다. 불행을 느끼는 사람들과 불행을 느끼지 않는 사람들이다. 전자는 이웃이 불행하면 나도 불행하다고 하는 경우이다. 후자는 이웃이 불행해도 나는 불행하지 않다고 하는 경우이다. 37

*

'동정한다'는 것은 '같이 아파한다'는 것이다. 동정은
同苦이다. 38

*

'悲劇'은 동정심을 훈련시켜 남의 불행에 민감하게 반
응하게 한다. 39

*

동정은 자선의 방식으로만 세상의 개선에 기여할 수 있
을 뿐이다. 40

*

모순 없는 사회보다 모순 있는 사회가 낫다. 움직이는
사회가 낫다. 41

*

졸라는 하층민들을 비극의 숭고한 주인공들처럼 진지하
게 다루면서 그들에게도 사랑이 있고, 절망이 있고, 격정
이 있고, 죽음이 있다는 것을 보여주었다. 그들에게 가치
와 존엄을 부여하였다. 42

*

원자폭탄을 터뜨린 자는 누구인가. 과학자인가. 정치가

인가. 자본가인가, 군인인가. 죄의 소재가 분명하지 않으
므로 '悲劇'이 성립되지 않는다. 현대의 상황은 비극적이
나 비극적 상황을 초래한 원인을 짊어질 '자'가 없다. 죄
를 짊어질 자가 없다. 43

*

시인은 구름 위를 노니는 자가 아니다. 시인은 가장 밑
바닥에서 춤을 추는 자이다. 가난에 물을 뿌리고 싶은 자
이어야 하고, 나비의 날개보다 몸뚱어리에 매달리는 자이
어야 한다, 라고 어딘가에 쓴 적이 있다. 44

*

시인은 관찰자이면서 통찰자이다. 관찰은 부분과 관계
하고 통찰은 전체와 관계한다. 혹은 관찰은 현상과 관계
하고 통찰은 본질과 관계한다. '현대'에는 관찰이 우세할
수밖에 없다. 관찰할 것이 너무 많기 때문이다. 통찰하기
힘들기 때문이다. 45

*

파편적 글쓰기의 시대이다. '파편적 글쓰기'가 아닌 것
이 없다. 46

*

천재 시대는 지나가 버렸다. 세상을 한눈에 조망할 수

있었던, 조망한 것을 일기가성(一氣呵成)할 수 있었던, 천재들의 시대는 지나가 버렸다. 세상을 한눈에 조망할 수 없게 되었기 때문이다. 세상이 복잡해졌기 때문이다. 일기가성(一氣呵成)의 시대 대신 '만드는' 시대가 도래하였다. '로댕'의 시대가 도래하였다. 47

*

시는 세상 사람 사물의 질량 구하기와 관련이 있다. 세상 사람 사물의 질량을 구하다니? 물리학 생물학들이 하고 있지 않은가. 마음의 질량 말이다. 심리학이 해주고 있지 않은가. 불의의 질량 말이다. (누가 해주고 있지?) 고통의 질량 말이다. 정신분석학이나 의학이 해주고 있지 않은가. 아름다움의 질량 말이다. 혹은 고통의 아름다움의 질량 말이다. 음악이나 미술 작품이 있지 않은가. 이 모든 것의 질량 말이다. 48

*

'새 관점'과 '개구리 관점'이 있다. 새 관점은 위에서 아래로 내려다보는 관점이다. 개구리 관점은 아래에서 위로 올려다보는 관점이다. 혹은 아래에서 아래를 보는 관점이다. 새 관점은 멀리, 넓게 볼 수 있지만 책상 아래는 볼 수 없다. 개구리 관점은 멀리, 넓게 볼 수 없지만 책상 아래를 볼 수 있다. 새 관점은 삶에서 유리된 관점이고 개구리 관점은 삶에 동참하는 관점이다. 49

*

돈을 벌려고 性的 행위를 하는 것은 아니다. 돈을 벌려고 시 한 편을 쓰는 것은 아니다. 性的 행위와 예술 행위는 공장에서 벽돌 한 장 찍어내는 행위와 다르다. 50

*

물은 물일 뿐이다. 그러나 그릇에 따라 물은 다르게 보인다. 컵에 담긴 물은 마시는 물이 되고, 세면대에 담긴 물은 세수할 물이 된다. 새로운 그릇을 만들어내는 것, 그래서 비록 내용은 같지만 새로운 쓰임새를 만들어내고 (유익함), 새로운 감동 및 새로운 울림을 만들어내는 것 (즐거움), 그것이 문학이 아닐지, 시가 아닐지. 시인은 새 형식을 만들어내는 자가 아닐. 51

*

별에 도달하는 것은 '진리'에 도달하는 것이다. 더 갈 곳이 없다. 52

*

진리는 발견의 영역이고 예술은 발명의 영역이라고 할 수 있다. '발견'이 힘을 주겠는가. '발명'이 힘을 주겠는가. 예술은 진리보다 더 '자기실현적'이다. 53

*

희망 없이 사는 자도 누군가의 희망이 될 수 있다. 54

*

'저세상에서 다시 만나자'고 하는 것에는 두 가지 경우가 있다. 하나는 살아 있을 사람이 죽은 사람에게, 혹은 죽는 사람에게, 저세상에서 다시 만나자고 하는 경우이다. 또 하나는 죽는 사람이 살아 있을 사람에게 저세상에서 다시 만나자고 하는 경우이다. 두 경우 다 애절하다. 55

*

詩는 시대를 뛰어넘는 것이 아니라, 뛰어넘는 시대를 보는 것이다. 56

*

눈이 사라지는 것을 두려워하지 않고 혼신의 힘을 다해 내린다. 나도 허공을 마저 쏘다니리라. 57

모자나무

1판 1쇄 찍음 2006년 5월 25일
1판 1쇄 펴냄 2006년 5월 30일

지은이 박찬일
발행인 박근섭
펴낸곳 (주) 민음사

출판등록 1966. 5. 19. 제16-490호
서울시 강남구 신사동 506번지 강남출판문화센터 5층 (우)135-887
대표전화 515-2000 / 팩시밀리 515-2007
www.minumsa.com

값 7,000원

ISBN 89-374-0744-2 03810